I0682834

PROGRAMME

DU

COURS DE THÉRAPEUTIQUE

ET DE MATIÈRE MÉDICALE

professé à la Faculté de Médecine et de Pharmacie de Lille

APPRÉCIATION

DE LA

MÉDECINE & DE LA THÉRAPEUTIQUE EXPÉRIMENTALES

PAR

Le Dᵣ A. JOIRE

PROFESSEUR DE THÉRAPEUTIQUE ET DE MATIÈRE MÉDICALE

Lauréat de la Faculté de Médecine de Paris (1838),
Ancien Médecin en chef de l'Asile d'aliénés de Lommelet (près Lille),
Membre et ancien Président de la Société centrale de Médecine du département du Nord,
Membre du Conseil central de salubrité du département du Nord,
Inspecteur des Pharmacies de l'arrondissement de Lille,
Membre titulaire de la Société scientifique de Bruxelles,
Médecin honoraire des Hôpitaux et du Bureau de Bienfaisance,
Officier d'Académie.

PARIS

LIBRAIRIE G. MASSON, ÉDITEUR

LIBRAIRE DE L'ACADÉMIE DE MÉDECINE

120, boulevard Saint-Germain.

1879

PROGRAMME

DU

COURS DE THÉRAPEUTIQUE

ET DE MATIÈRE MÉDICALE

professé à la Faculté de Médecine et de Pharmacie de Lille

APPRÉCIATION

DE LA

MÉDECINE & DE LA THÉRAPEUTIQUE EXPÉRIMENTALES

PAR

Le Dr A. JOIRE

PROFESSEUR DE THÉRAPEUTIQUE ET DE MATIÈRE MÉDICALE

Lauréat de la Faculté de Médecine de Paris (1838),
Ancien Médecin en chef de l'Asile d'aliénés de Lommelet (près Lille),
Membre et ancien Président de la Société centrale de Médecine du département du Nord,
Membre du Conseil central de salubrité du département du Nord,
Inspecteur des Pharmacies de l'arrondissement de Lille,
Membre titulaire de la Société scientifique de Bruxelles,
Médecin honoraire des Hôpitaux et du Bureau de Bienfaisance,
Officier d'Académie.

PARIS

LIBRAIRIE G. MASSON, ÉDITEUR

LIBRAIRE DE L'ACADÉMIE DE MÉDECINE

120, boulevard Saint-Germain.

1879

APPRÉCIATION

DE LA

MÉDECINE & DE LA THÉRAPEUTIQUE

EXPÉRIMENTALES

Conférence d'ouverture du cours de 1879

I

On considère trop généralement un cours de thérapeutique comme se composant d'une nomenclature d'agents médicamenteux avec l'indication précise de leurs effets dans telle ou telle maladie; à ce point de vue on devrait reconnaître dans les formulaires de matière médicale toutes les qualités d'un bon ouvrage de thérapeutique ; et un tel livre devrait être d'autant plus estimé qu'il renfermerait un plus grand nombre de recettes.

Cette façon d'envisager la thérapeutique est assez communément du goût des élèves et aussi de bon nombre de jeunes praticiens, qui s'estiment ainsi heureux de posséder en poche un bon bagage de remèdes. Mais bientôt cette manière de faire la médecine, cette thérapeutique à casiers, comme on l'appelle, réserve de nombreuses déceptions. On reconnaît que les affections morbides ne cèdent pas aux agents thérapeutiques avec une aussi rigoureuse précision que ne le feraient supposer les indications du formulaire.

Il y a dans les maladies des éléments complexes dont il est essentiel de tenir compte, de même qu'il y a pour les remèdes des modes d'application qui peuvent en faire varier les effets sur l'organisme. Ce sont ces conditions qu'il nous importe de connaître : il est hors de doute qu'elles exercent sur les effets des médicaments une influence considérable, et c'est sur elles que doivent porter les considérations générales qui forment comme l'introduction obligée d'un cours de thérapeutique.

Cette partie, semble-t-il, devrait incomber au cours de pathologie générale, mais là où cet enseignement n'est pas encore occupé, il est rigoureusement nécessaire qu'à l'abord de toute étude médicale spéciale, il soit suppléé pour la part qui revient à chacune d'elles

On semble aujourd'hui faire assez peu de cas de la pathologie générale dans l'enseignement des facultés de médecine; quoique ce sujet entre dans le programme des chaires que comporte l'enseignement complet, certaines facultés, dont l'origine remonte déjà à quelques années, attendent encore leur titulaire.

Cependant, bien que cette partie de notre science ait un cadre rigoureusement défini, on a vu parfois le professeur ne tenir nul compte des exigences de son programme et occuper son auditoire de sujets circonscrits dans l'étreinte d'une doctrine médicale exclusivement systématique.

Les hommes de mon âge se rappellent trop bien ce qu'avait fait Broussais de l'enseignement de la pathologie et de la thérapeutique générales. Ce maître éminent, malgré le prestige d'un remarquable talent d'exposition, n'a pu parvenir à nous donner alors le goût de cette étude ; et nous avons été témoins attristés du complet délaissement de sa chaire.

Un esprit distingué, une intelligence hors ligne, qui a

succédé dans cette chaire au savant auteur de la *Doctrine physiologique*, le professeur Andral, est parvenu à faire apprécier et goûter l'étude de la pathologie générale grâces au double motif d'un ordre supérieur d'exposition méthodique et d'un cadre vrai et sérieux, circonscrit dans la matière de l'enseignement. Ce cours fut suivi par la jeunesse de l'époque avec un vif intérêt.

Au professeur Andral succéda, après quelque temps, un autre maître éminent, le professeur Chauffard, bien capable, assurément, de rehausser et d'agrandir l'importance du sujet; cet enseignement, en effet, fut porté par lui à une hauteur de vue remarquable; mais, malgré toutes les ressources désirables à son service: intelligence riche et féconde, méthode lucide et profondément méditée, parole brillante et harmonieuse, il n'a pu être goûté et suivi que par un très petit nombre; peut-être n'en a-t-on pas toujours suffisamment compris la valeur.....

Ces épreuves, par lesquelles passe, depuis quelque temps, dans la docte faculté de Paris, l'enseignement de la pathologie générale, ne sont pas de nature à rehausser d'un grand prestige aux regards des élèves l'attrait qui lui revient et dont il aurait bien besoin au sein de nos jeunes facultés.

Quelle que soit l'opinion dominante à son sujet, nous tenons à démontrer que si, dans quelques parties qui lui appartiennent, la pathologie générale n'est pas en possession des sympathies de la jeunesse, il n'en doit pas être de même de la part qui tient à la thérapeutique; celle-ci a le droit de revendiquer toute l'attention de ceux qui aspirent à la pratique de l'art de guérir.

La thérapeutique générale constitue une introduction *indispensable* à l'étude de la thérapeutique spéciale, et je n'hésite pas à y consacrer, avec la conviction d'être utile, un certain nombre de leçons préliminaires.

Le Programme de ces leçons donnera une idée du point de vue sous lequel sera considéré cet important sujet.

II

J'ai à cœur de faire remarquer que je n'ai pas dessein de proposer ici la moindre innovation; j'ai voulu demeurer en dehors de toute considération empreinte de vues purement systématiques.

Des nombreux travaux de thérapeutique générale publiés depuis quelque temps, je n'ai voulu recueillir que ce qui touche à la pratique, laissant avec soin de côté toute visée étrangère.

« Les théories pathologiques sont en général pernicieuses » en thérapeutique, et c'est une grande faute qu'ont com-» mise plusieurs auteurs qui ont écrit sur cette science en » prenant pour base des points de vue systématiques. Les » véritables préceptes de la thérapeutique ne doivent découler » que de l'observation clinique la plus rigoureuse. (*Guersent.*) »

Il m'a semblé, Messieurs, que je pourrais, avec quelque profit pour vous, consacrer cette petite conférence d'intro-duction à l'examen rapide de quelques questions écartées de notre programme, mais qui ont toutefois un intérêt puissant d'actualité.

Personne parmi vous, j'en suis sûr, ne laisse passer inaperçues les tendances de la science moderne vers l'étude expérimentale des choses, et notre science elle-même, la médecine, n'a pas échappé à ce courant.

Cette tendance est bonne, rationnelle, nous reconnaissons avec tout le monde que ce qui est de science pure, ne doit reposer que sur des faits.

L'étude expérimentale est son domaine et c'est dans le laboratoire qu'elle doit se développer, c'est le théâtre de ses progrès.

Toutes les sciences naturelles doivent avoir pour complément nécessaire de leur enseignement les épreuves du laboratoire.

Ainsi les sciences physiques se complètent par l'expérimentation ; la chimie opère la préparation de ses produits et les soumet à l'analyse ; l'anatomie a ses cabinets de dissection ; la physiologie réserve ses épreuves expérimentales sur les animaux ; à la pathologie reviennent les investigations nécroscopiques ; pour la médecine, son laboratoire naturel, c'est le lit du malade, c'est la *salle de clinique*.

Aujourd'hui, paraît-il, on juge autrement les choses, on voit naître la médecine expérimentale des laboratoires.

M. le Dr Pidoux, dans un travail publié il y a quelques années, dans l'*Union médicale*, sous le titre de : *La Médecine expérimentale, ses limites et ses tendances*, déplorait cette voie dans laquelle on tente d'engager la médecine.

Je me rappelle avoir cité il y a quelques années ce livre avec éloges et d'avoir promis de vous en faire connaître les plus importants passages ; c'est cet engagement que je viens remplir aujourd'hui.

Ce travail touche aux questions les plus élevées de médecine pratique et de thérapeutique ; il nous intéresse au plus haut point et mérite, dans l'intérêt de nos études, une courte et rapide analyse.

« On voit de notre temps s'accomplir deux faits qui seront
» signalés un jour dans l'histoire de la médecine ; c'est d'une
» part l'abandon de l'enseignement clinique vivant, et d'autre
» part la naissance et le développement de la médecine expé-
» rimentale ; et à mesure que celle-ci s'élève, on voit baisser
» la médecine clinique.

« Les cours de clinique ne sont p us que des leçons de
» pathologie sans méthode et sans suite; tandis que la cli-
» nique change de théâtre, quitte les hôpitaux et se retire dans
» les laboratoires. Cette révolution se fait au nom de la
» médecine scientifique. »

Ces appréhensions, ces cris d'alarmes jetés ainsi par une
voix que l'on peut déjà ranger parmi les gloires de notre profession sont-ils en tous points justifiés? C'est ce que je
veux examiner.

Y a-t-il à craindre que les travaux du laboratoire pour la
médecine ne fassent délaisser les études d'observation, les
recherches cliniques? Je ne puis pas le penser.

Ces recherches expérimentales ne seront jamais estimées
qu'à la valeur de moyens auxiliaires et ne remplaceront
jamais les méthodes d'observation clinique.

« La pathologie est une science basée sur l'observation
» clinique; elle peut bien s'éclairer et s'enrichir des faits de
» la médecine expérimentale, mais nos maladies ne peuvent
» être reproduites chez les animaux; ce n'est pas cette mé-
» thode seule qui élèvera la pathologie à l'état de science. »

Les maladies ne se créent pas au gré de l'expérimentateur;
on ne les provoque pas non plus comme on prépare dans les
laboratoires les conditions expérimentales auxquelles on peut
soumettre les animaux.

Les maladies naissent spontanément sous l'empire de
causes dont nous pouvons parfois découvrir l'influence; mais
qui échappent aussi bien souvent à nos investigations.

Notre action sur les causes reconnues est assurément la
plus considérable et la plus efficace dans les maladies, et nous
faisons très large la part d'importance qui revient à la thérapeutique prophylactique.

On crée bien dans le laboratoire des lésions, on peut
observer les phases successives de leur développement, leurs
manifestations phénoménales; mais ce n'est pas là toute la

pathologie; les maladies ont de tout autres caractères et nous ne pouvons les observer ailleurs qu'à la clinique; nul autre laboratoire ne peut remplacer celui-là.

Cela étant admis, voyons les ressources que la médecine peut puiser dans l'œuvre du laboratoire.

Remarquons d'abord que le terme de médecine expérimentale n'est pas d'application, et ce que l'on veut bien nommer ainsi n'est autre chose que la physiologie expérimentale.

M. Pidoux, cependant, semble soutenir cette distinction : « La médecine expérimentale abandonne la médecine à l'empirisme (nous faisons, nous, ce terme synonyme d'observation), mais elle se réserve les symptômes et a la prétention de les expliquer, abstraction faite de la maladie. Ce n'est plus alors de la médecine, c'est de la physiologie. La médecine expérimentale n'aboutit, en effet, qu'à la physiologie, et ce n'est qu'à ce titre qu'elle peut être utile à la clinique. »

Voilà la part faite à la médecine expérimentale, et cette part a sa valeur, nous le reconnaissons.

« Mais la pathologie a ses faits propres, comme la physiologie, et, par conséquent, ses lois spéciales, que la physiologie ne peut ni prévoir ni donner à elle seule. La maladie est greffée sur la fonction ; celle-ci relève de l'observation comme la première, qui n'est pas plus empirique qu'elle ; toutes deux n'étant connues que par l'expérience.

» Les explications précises que la physiologie peut fournir à la clinique interne ne sont souvent que d'une importance secondaire pour la médecine pratique. » (*Union médicale*, 31 mars 1876).

Cette distinction admise, voyons ce que la médecine pratique, ce que la thérapeutique surtout, peuvent recueillir de lumières des expériences physiologiques.

On s'accorde à reconnaître que l'expérimentation des médicaments sur les animaux peut éclairer sur leur action quand ils sont ensuite appliqués à l'homme ; mais à la condition que les résultats obtenus chez les premiers ne vaudront que comme des inductions permettant de supposer que des effets analogues se produisent chez l'homme ; inductions qui autorisent des essais prudents, mais doivent attendre des épreuves cliniques la vérification définitive de leur valeur.

Cette réserve est-elle toujours implicitement convenue dans la pensée des expérimentateurs ? Les faits démontrent le contraire.

Tous les jours nous voyons des expérimentateurs qui se prétendent sérieux se prévaloir de l'effet des médicaments sur les animaux, pour en préconiser l'emploi et conclure de leurs effets sur l'homme. Ils semblent oublier de tenir compte de la différence des aptitudes physiologiques et pathologiques non-seulement entre les animaux et l'homme, mais aussi entre les espèces animales.

Tout le monde sait, en effet, que des susceptibilités physiologiques et pathologiques tout à fait spéciales se rencontrent entre les espèces animales et même entre les races et variétés de même espèce ; que certaines substances employées comme médicaments par l'homme sont toxiques pour certains animaux et complétement inertes pour certains autres. Mais ce qui doit surtout étonner, c'est de voir des auteurs, grands amateurs d'expérimentations faciles, soumettre à l'épreuve des médicaments des animaux inférieurs, tels que les grenouilles, les lapins et les cobayes, souffre-douleurs habituels des laboratoires, et ne pas hésiter à s'étayer de pareilles expériences pour vanter et conseiller leur application à l'homme malade.

Que penser de pareils procédés, sinon ce qu'en pensent tous les observateurs réfléchis ? C'est que ces déductions ne sont pas sérieuses et que leurs auteurs n'ont eu en vue que de produire quelque bruit par des innovations qui n'auront jamais que la vogue d'une heure pour retomber aussitôt dans l'oubli.

Nous ne dédaignons nullement, je le répète, cet ordre de recherches, mais nous les apprécions à leur valeur, pas au-delà.

« Nous attachons, d'ailleurs, une égale importance aux » faits de la médecine vétérinaire, bien autrement utiles à la » médecine humaine que les contrefaçons du laboratoire. » (Pidoux).

Quant aux renseignements de la toxicologie humaine et aux expériences sur les animaux avec les médicaments à doses fatales, on en a aussi exagéré la valeur. Les symptômes produits sur un organisme affecté par des doses toxiques d'un médicament énergique n'ont absolument rien de physiologique et ne peuvent nullement éclairer sur les effets thérapeutiques ; l'intoxication diffère de l'impression et on ne peut pas conclure de l'une à l'autre, ce que cependant on fait trop souvent.

L'expérimentation des médicaments sur l'homme malade a pour théâtre la clinique : c'est le véritable laboratoire de la thérapeutique.

« Tant qu'il y aura des maladies, dit M. Pidoux, l'empi- » risme ou l'observation pure et simple sera non-seulement » la première, mais la seule et dernière méthode de la méde- » cine toujours éclairée par la physiologie. »

Pour que la thérapeutique expérimentale fût possible, il faudrait qu'on puisse, avec espoir de résultat, employer chez les animaux les agents thérapeutiques sous les formes et aux doses où ils sont appliqués chez l'homme ; or nous pouvons, à priori, affirmer qu'une pareille épreuve demeurerait tout à fait sans effet ; nous avons déjà dit pourquoi : les différences organiques, les modes divers de sentir, les différences entre les espèces et variétés animales ne permettent aucune analogie et s'opposent à tout parallèle.

Nous devons donc nous résigner aux seules investigations de la clinique ; celles-ci, du moins, ont une base solide et ne seront jamais taxées d'erreur.

III

L'expérimentation clinique étant demeurée notre seule voie de contrôle, et les agents thérapeutiques appliqués selon les règles d'une sage et judicieuse indication, nous devons nous assurer d'abord de la bonne préparation de ceux-ci et de leur qualité.

La thérapeutique semble, depuis quelque temps, s'engager dans une voie qui réclame, de la part du praticien, une sérieuse attention.

Je laisse tout à fait de côté, on le conçoit, une médecine prétendue spéciale qui a la prétention de traiter et de guérir les maladies au moyen d'agents thérapeutiques dont elle a, selon son dire, mieux que tous ses devanciers, reconnu et constaté les effets. Elle emploie ces agents à des doses qui ne peuvent avoir aucune action nuisible dans l'état de santé et sont atténués par les dilutions à des limites telles que les plus délicates analyses de la chimie moderne n'en peuvent saisir la trace ; elle prétend que les véhicules de ses remèdes ayant perdu tous vestiges de la présence matérielle de ceux-ci, n'en ont conservé que les propriétés dynamiques : *la chose ne se démontre pas.......*

J'ai eu l'occasion de faire connaître ailleurs ce qu'il fallait penser de la médecine Homéopathique, de ses prétentions, du mode de préparation de ses remèdes, ne voulant appuyer mes assertions que sur les textes mêmes des tenants de la doctrine et arrivant ainsi à démontrer que ses médicaments, tels qu'ils sont préparés dans leurs propres officines, se réduisent à néant et que sa médication ne peut, avec pleine justice, être autrement nommée que la *thérapeutique négative*.

Une autre forme d'applications médicamenteuses se présente à notre examen et mérite un peu plus d'égards.

Tout le monde sait que les efforts de la chimie moderne tendent de plus en plus, et il lui en revient les éloges les mieux mérités, à isoler les principes actifs des médicaments simples et à les proposer à la thérapeutique comme plus sûrs dans leurs effets.

On avait employé jusqu'ici les médicaments tels que la nature les fournissait et on attribuait à celle-ci une science de providence ou d'instinct qui les rendait propres à soulager ou à guérir.

La médecine ancienne en effet est remplie d'éloges considérables et souvent merveilleux à l'endroit de l'application des *simples*, comme on les appelait et il n'existait pas de maladies, pas une seule, contre lesquelles il n'y ait quelques plantes en possession certaine d'une vertu curative.

Ne disons pas que cela n'est pas fondé ; nos anciens observaient bien et souvent juste, et quand nous pouvons nous étayer des noms de Baillou, de Sydenham, de Cullen, sans remonter jusqu'à Dioscoride et Asclépiade, nous pouvons croire que ces *simples* appliqués sous la règle d'une judicieuse indication ne constituaient pas une thérapeutique inerte.

Les ouvrages de matière médicale publiés il y a un demi siècle, et je citerai surtout le Dictionnaire de thérapeutique de Merat et de Lens, renferment l'indication des propriétés d'un nombre immense de végétaux, dont nous n'avons plus la moindre idée. Parfois, nous en retrouvons le souvenir dans la tradition populaire : il m'est arrivé souvent, d'entendre signaler dans le monde l'efficacité de certaines plantes dans des affections bien définies, et je retrouvais l'instant d'après, en compulsant les anciens auteurs, l'indication formelle de ces vertus. Nous n'avons donc pas tant à dédaigner cette thérapeutique des plantes simples, car elle rencontre assez souvent des applications utiles, bien qu'il y ait eu parfois des exagérations...

Cela étant reconnu, la chimie a recherché et découvert les principes actifs des plantes et vient en proposer l'application thérapeutique comme plus efficace et plus sûre.

Ces principes, désignés sous le nom d'alcaloïdes végétaux, représentent, sous un volume des plus exigus, les vertus d'une préparation employée jadis sous forme de tisane, de poudre, d'extrait, etc., et enveloppés ainsi d'éléments inertes qui en rendent l'ingestion désagréable, gênante et difficile.

On conçoit dès lors que cette forme d'emploi des remèdes qui leur enlève tout alliage superflu ait été accueilli avec faveur par le médecin et par le malade.

Il n'y a à cela qu'une petite difficulté; c'est que je n'admets pas du tout que les propriétés des plantes soient toutes renfermées dans le principe unique que la chimie est parvenue à isoler, principe différent dans chacune d'elles ou à peu près.

Je ne suis pas sûr que la nature, que je tiens pour éminemment prévoyante, n'ait pas placé dans un seul végétal des vertus multiples souvent utiles dans leurs combinaisons et destinées à concourir ensemble au même but, la guérison ou le soulagement des maladies.

Je n'en veux citer pour preuve que les plantes qui possèdent les propriétés stupéfiantes de l'Opium. Ce produit, en effet, qui n'est autre chose qu'un extrait, renferme, au témoignage des recherches modernes, un nombre considérable d'alcaloïdes doués chacun de propriétés un peu différentes de celles renfermées dans le produit total; cependant on accorde souvent à l'opium la préférence sur les alcaloïdes isolés.

Quoi qu'il en soit, s'il est vrai que les plantes aient bien souvent des vertus multiples et si la nature elle-même pratique comme nous l'art de formuler, c'est-à-dire d'associer dans un même produit le principe actif avec l'auxiliaire, l'excipient et même le correctif, il faut tenir compte aussi des propriétés des alcaloïdes isolés et après en avoir contrôlé attentivement les effets, les appliquer selon les règles d'une judicieuse indication.

Des praticiens, heureux de la bonne fortune d'une thérapeutique commode, se sont engagés avec enthousiasme dans son application et se sont presque déterminés à n'employer que ces seuls remèdes. Ces agents ont acquis rapidement une vogue considérable, grâce à un homme qui s'en est fait le champion ardent et convaincu. Le Dr Burgrave, de Gand, a publié des livres et s'est fait le rédacteur en chef d'un journal destiné à préconiser les applications et les effets prétendus remarquables des alcaloïdes isolés préparés sous forme de granules et destinés à répondre, selon lui, à tous les besoins de la thérapeutique ; il a donné à celle-ci le nom de médecine dosimétrique.

Cette thérapeutique a-t-elle toute l'efficacité qu'on lui attribue ?

Les considérations qui précèdent laissent le droit d'en douter. Je connais des praticiens de bonne foi qui affirment l'efficacité réelle des granules dosimétriques. J'en connais d'autres qui n'y attachent presque nulle importance. En face de l'affirmation des uns et de l'incertitude des autres, je dois dire qu'à mes yeux cette médecine n'est pas sans mériter quelque attention ; elle ne doit pas être rejetée sans examen, je la considère encore dans sa période d'épreuve.

Mais la première et la plus importante condition de son avenir c'est la bonne préparation de ses produits. Or, on a cité quelquefois des faits d'où résulte une divergence considérable de leurs résultats. Certaines espèces de granules, signalées comme renfermant des doses définies d'un médicament très énergique ont pu être ingérées en nombre considérable sans produire aucun effet.

De pareils faits, s'ils se répétaient quelquefois, seraient bien capables de refroidir à l'endroit de l'usage des granules dosimétriques.

Ce n'est pas chose facile, on le conçoit, de préparer en grand ces médicaments, de façon à disséminer également dans toute la masse le principe actif.

Il est vraisemblable que la différence d'effets signalée tient à une cause de cette nature, à moins de croire à la nullité du remède indiqué.

D'autre part, je dois dire qu'à mes yeux il est un certain nombre de ces granules qui ne peuvent représenter toutes les propriétés de la plante dont ils sont les produits, et dès lors il est plus utile de recourir au remède d'origine; et à cet égard je considère la thérapeutique ancienne, la médecine des simples, comme encore préférable. Nous continuerons toutefois à tenir compte des découvertes de la chimie moderne ; nous accepterons les produits nouveaux qu'elle nous proposera dans un but de simplification thérapeutique, mais toujours sous bénéfice d'examen et du contrôle de l'application clinique. Toutes les fois que quelque agent nouveau surgira dans nos laboratoires comme fruit des efforts de la chimie analytique, nous prenons l'engagement de le soumettre à notre étude et d'en faire l'objet d'une appréciation sérieuse et complétement indépendante.

IV

Il est un autre danger contre lequel nous avons aujourd'hui à cœur de vous prémunir.

A côté de ces agents thérapeutiques dont nous devons la découverte ou l'isolement aux efforts de la chimie, nous en remarquons un grand nombre d'autres éclos dans les pharmacies anciennes ou nouvelles, qui ont besoin de se créer ou de se refaire un titre à l'attention du bon et crédule vulgaire. Ces remèdes, dont on signale parfois la composition, dont parfois on tient la préparation secrète pour leur laisser tout l'attrait et le prestige de l'inconnu, sont vantés et préconisés par la presse sous toutes les formes et avec toute l'exagération dont est capable l'imagination gauloise : annonces, prospectus, brochures, articles d'apparence sérieuse de nos grands journaux scientifiques et politiques. Toutes les ressources de la publicité sont mises en œuvre par le mercantilisme pharmaceutique pour créer une vogue à ces médicaments.

Le charlatanisme les prône non-seulement dans de pompeuses réclames, mais encore dans des monographies savamment écrites, ou des articles s'étalant aux pages les plus voyantes de nos feuilles politiques, comme à celles des journaux et revues scientifiques les plus sérieux.

On commence parfois la lecture d'un travail dont le titre attire l'attention par son étrangeté, et dont le charme et l'esprit de l'auteur retiennent l'intérêt ; puis on se trouve tout étonné à la fin de voir prôné un remède nouveau, vendu chez tel pharmacien, qui, seul, le prépare d'une façon efficace et sous la garantie d'un cachet spécial qui empêche de le confondre avec celui d'autres préparateurs !... Le livre vous tombe des mains.

Et ce n'est pas dans un seul journal ou dans un seul numéro que s'étalent de telles réclames : elles sont reproduites presque tous les jours sous des formes différentes, et intercalées à dessein à côté d'articles sérieux et vraiment scientifiques.

Ces mêmes remèdes se pavanent encore en sollicitations incessantes sur la couverture de toutes les publications médicales et scientifiques. Ces annonces, comme toutes celles des journaux politiques, sont toujours généreusement rémunérées; elles constituent l'élément lucratif le plus assuré de la presse.

Pour opérer ce trafic sur une plus large échelle et satisfaire à toutes les demandes, nos journaux et nos revues adjoignent à leur texte prétendu sérieux, bien qu'il ne le soit pas toujours, une double, triple et quadruple couverture.....

Il y a quelque vingt ans, à la suite des gazettes in-folio, qui avaient leur quatrième page chargée de ces annonces, quelques journaux de médecine commencèrent timidement à y consacrer d'abord leurs derniers feuillets, puis à en émailler leurs couvertures.

Cette pratique fut alors l'objet de très vives attaques de la part de quelques rédacteurs qui tenaient encore à sauvegarder la dignité et l'honneur professionnels.

Les premiers soutinrent bravement la lutte : c'était pour eux le cri de la faim, le combat pour l'existence... Bientôt, vaincus par la même nécessité, les autres se laissèrent entraîner au torrent, et, sous leurs couvertures gonflées d'annonces, on trouva même dans leurs textes, ces articles-réclames spirituels, intéressants, signés parfois de noms célèbres.

A présent, la presse médicale tout entière en est là. Le courant l'entraîne, il n'y a plus de limites.

Pour le bon public, toutes ces annonces, ces réclames, sont acceptées de bonne foi.

Tous ces remèdes, si nuls qu'ils soient, sont considérés comme sérieux, leur consommation en est prodigieuse, et le profit de leurs auteurs incroyable. Que pourrai-je ajouter, quand j'aurai dit que l'*Huile de marrons d'Inde* a rendu son inventeur plusieurs fois millionnaire, et que même chance est advenue au célèbre promoteur du *Camphre Polypharmaque*.

De cette situation découlent deux faits profondément regrettables : le premier, c'est la connivence du corps pharmaceutique *presque* tout entier, pour la diffusion de ce genre de produits. Le dépôt en est fait dans toutes les officines, et le vitrage est couvert de placards de toutes couleurs qui étalent en lettres éblouissantes les noms des nombreuses maladies que le remède guérit infailliblement.

Une remise considérable de 30 p. 100 revient au vendeur de ces produits, et, en songeant au nombre immense d'étourneaux qui se laissent prendre à ces faciles appas, on peut calculer les bénéfices qui en reviennent aux magasins bien posés pour l'étalage.

Mais, qu'on le sache bien, ce profit de mauvais aloi conduit à un résultat déplorable.

Il déconsidère d'abord la profession Pharmaceutique. Les études sérieuses imposées aux tenants de cette carrière leur deviennent presque complètement inutiles. Le Pharmacien, en effet, n'a presque plus à préparer par lui-même les médicaments ; le travail du laboratoire va se trouver supprimé ; il n'a plus que faire des formules du Codex, on ne lui en demande plus. Il n'a plus à contrôler la bonne qualité des produits qu'il possède ; tous les remèdes qu'on lui demande ne sont chez lui qu'en dépôt, ils n'ont pour garantie que le cachet intact du producteur. A ce compte, je ne vois pas à quoi sert le rôle du pharmacien ; du moment où ces produits peuvent se passer du contrôle de l'analyse que le chimiste seul peut opérer, il me semble que la vente peut en être tout aussi bien faite par l'épicier, le confiseur ou le parfumeur que par le Pharmacien, et je connais pas mal des premiers qui tiendraient volontiers débit de ces choses, au prix d'une remise inférieure à 30 p. 100.

Cette concurrence des dépôts de remèdes secrets aura lieu, n'en doutons pas, un peu plus tard.

Les préparateurs de Paris ou d'ailleurs font parcourir toute la France par des commis-voyageurs qui installent des dépôts dans toutes les villes et ils délaisseront les officines le jour prochain où ils pourront rencontrer des boutiques au rabais. On pourra dire alors que la profession Pharmaceutique aura pris fin.

Le deuxième fait, c'est que l'application des remèdes secrets s'impose au médecin lui-même. Celui-ci, en partie de bonne foi, en partie par condescendance, se laisse aller à les prescrire. S'il en est, se dit-il, qui sont inertes, il en est aussi qui sont réellement utiles. C'est, d'ailleurs, chose si commode que cette thérapeutique des couvertures qui vient frapper les regards avant même que le journal soit ouvert ; qui s'étale, encadrée de noir ou de rouge, avec le nom et l'adresse de l'inventeur ; quelle garantie ! et l'indication de toutes les maladies qui se prêtent à son emploi et cèdent complaisamment à son usage !...

Que voulez-vous ? on est si occupé qu'on n'a même pas le temps de lire son journal, on se contente des couvertures. Je connais des médecins, petits et grands, qui ne font guère d'autre thérapeutique, cela leur suffit, et les bons clients en sont satisfaits.

Voilà comment, Messieurs, se répandent, se débitent et se propagent les remèdes secrets. Je dis, moi, voilà comment se déconsidère la profession médicale ; voilà comment se propagent l'imputation d'ignorance, la présomption de septicisme à l'endroit de la thérapeutique, que nous entendons parfois exprimer autour de nous par des hommes sérieux et profondément affligés d'un tel état de choses.

Vous pensez bien que mon devoir devant vous est de réagir contre de pareilles misères.

Il est bon, il est essentiel à mes yeux, au moment où vous allez passer des bancs de l'école au sein d'une profession qui vous impose des obligations sérieuses et une responsabilité parfois bien pesante, de vous dévoiler les tristes défaillances dont nous sommes quelquefois témoins.

Vous avez à vous défier des fascinations tentatrices du

mercantilisme pharmaceutique et à vous garder des entraînements faciles du charlatanisme médical; nous ne voyons que trop souvent, hélas! ces choses honteuses en haut aussi bien qu'en bas de l'échelle professionnelle...

Mon devoir est de contrôler les exhibitions thérapeutiques nouvelles et de vous en donner une appréciation indépendante.

Tout n'est pas à rejeter sans doute dans cette foule immense de remèdes inscrits à la couverture de nos revues, non plus que dans les *brochures-réclames*.

A côté des produits inertes auxquels on impute, avec la plus audacieuse effronterie, des propriétés mensongères, il en est d'autres, je le reconnais, dont l'action est réellement utile; mais pour ceux-ci il y a à faire la part de l'exagération. Ils sont destinés parfois à remplacer d'autres agents pharmaceutiques, connus et employés depuis longtemps, sur lesquels ils ont l'avantage d'une application plus facile et moins désagréable; à ce titre ils méritent quelque considération et, si on se bornait à faire valoir ces motifs, nous n'aurions à leur adresse que des éloges. Mais ces avantages paraissent trop minces à leurs inventeurs et ils savent bien qu'il faut plus que cela pour les faire accepter par le médecin sérieux et par le malade; ils se jettent alors dans l'exagération de la réclame malhonnête en portant à l'excès les vertus curatives du remède nouveau et en dénigrant ceux de propriétés identiques employées jadis.

Eh bien! il nous incombe à nous de connaître ces remèdes, d'indiquer leur valeur réelle, de traiter comme ils le méritent ceux de propriétés douteuses, et de donner aux autres la juste place qui leur revient; mais à côté des autres préparations soit identiques, soit analogues, qui ont acquis dans l'Officine droit de cité et dont il n'est pas permis au nouveau venu de les chasser.

Quant aux remèdes secrets ou prétendus secrets dont les

annonces en grand nombre s'étalent dans les mêmes lieux, qu'on ne peut parvenir encore à bannir de la thérapeutique, vu l'insuffisance de notre législation et les sympathies puissantes du vulgaire, le praticien qui veut en tenter l'épreuve ne doit s'étayer que du résultat clinique. Mais il faut dire qu'à côté de ceux qui sont de nul effet et tiennent leur apparente efficacité de l'évolution spontanée des maladies dans lesquelles ils sont mis en usage, il en est d'autres dont les vertus sont réelles et dépendent d'agents thérapeutiques puissants habilement disséminés par les inventeurs qui ont besoin, pour créer la vogue, du prestige de l'inconnu.

Il est certain qu'après avoir constaté les propriétés stupéfiantes des nombreux sirops calmants ou des pâtes préconisés dans les affections bronchiques, rien ne s'oppose à ce que le praticien en recommande l'usage aux doses indiquées par les inventeurs.

Je signalerai l'épreuve clinique comme également nécessaire pour la prescription des remèdes nouveaux. La plupart d'entre eux sont préconisés sur le témoignage d'essais aventurés dans des maladies ou affections souvent mal définies et indéterminées ou dans des formes morbides qui dépendent de simples troubles du système nerveux, soit local, soit général.

Eh bien! ces agents thérapeutiques nouveaux qui ne répondent à nul besoin réel et qui aspirent à supplanter d'autres remèdes bien connus, bien définis dans leurs effets et qui ont fait leurs preuves, sont lancés dans le domaine médical par de jeunes praticiens aspirant au titre d'inventeurs et désirant pour leurs noms un quart d'heure de bruit.

La vogue, en effet, n'a pas plus de durée ; quelques lignes accueillies dans le journal auquel on est abonné ont acquis au remède et à l'inventeur une mention de faveur ; puis le lendemain l'un et l'autre retombent dans l'oubli.

Nous les y laisserons en repos s'il ne nous est pas démontré qu'ils méritent plus d'égards.

Plusieurs d'entre vous ont conservé peut-être le souvenir d'un agent nouveau lancé ainsi dans le courant médical, le Bromure de camphre. Le point de départ de l'invention était tout théorique ; on s'étayait d'abord des effets remarquables du bromure de potassium dans les affections nerveuses et, en songeant aux propriétés antispasmodiques du camphre, on avait conclu que la combinaison de ces deux agents devait avoir des propriétés plus efficaces encore ; de là est né le Bromure de camphre.

Le mercantilisme pharmaceutique s'est emparé de l'idée, et, grâce à la publication de quelques vagues observations, à une avalanche d'annonces et de prospectus, le remède fut lancé. Toutes les officines de province durent se pourvoir de capsules au Bromure de camphre, les thérapeutistes de couvertures en prescrivirent l'usage. Le résultat se réduisit à rien, et le Bromure de potassium a conservé ainsi que le camphre isolé toutes ses anciennes prérogatives.

Ce que je dis du bromure de camphre, je pourrais le répéter d'un certain nombre d'autres remèdes nouveaux.

Défions-nous, Messieurs, des esprits novateurs, des imaginations inexpérimentées et trop ardentes, de tous ceux de notre corporation qui, trop pressés d'arriver, se servent, dans la lutte pour l'existence, de ressources déloyales et, au vertige de leur course trop rapide, glissent dans l'ornière du charlatanisme.

Ne les imitons pas surtout ; la vogue de ces gens-là se fait vite quelquefois ; nous en sommes éblouis ; mais cela dure peu, et elle s'en va comme elle était venue avant même que l'épargne ait assuré l'avenir. Pour avoir voulu monter trop vite, on descend quelquefois ; de médecin délaissé, on devient dentiste, bandagiste, pédicure ou..... magnétiseur.....

Notez, je vous prie, que je tiens en bonne estime ces honorables professions, hors la dernière ; je ne les regarde ici qu'en parallèle avec la nôtre.

Parmi nous, Messieurs, les positions qui se font lentement, dans le calme, sont plus durables, elles sont aussi les plus heureuses ; il faut parfois du courage pour attendre le terme de nos efforts ; mais soyez assurés que par la prudence, le travail, la dignité de conduite et surtout le dévouement à la science et à la société qui doit être notre apanage à nous, vous parviendrez à vous créer un bonheur modeste qui ne devra rien aux défaillances de l'honneur.

PROGRAMME

DU

COURS DE THÉRAPEUTIQUE

ET DE MATIÈRE MÉDICALE

professé à la Faculté de Médecine et de Pharmacie de Lille

La Thérapeutique, comme toute science, comporte deux ordres de notions :

1° Les notions générales qui portent sur l'ensemble de l'enseignement ;

2° Les notions spéciales qui concernent le détail.

TITRE Ier

Au point de vue des considérations générales, notre tache impose l'étude successive de trois sujets distincts :

1° Du médicament.

2° De la maladie.

3° Du malade.

I

LE MÉDICAMENT.

Le médicament, instrument de la thérapeutique, doit être défini et distingué du poison et de l'aliment avec lesquels il peut à certains égards être confondu.

L'étude générale des médicaments est groupée sur les quatre chefs suivants :

1° Formes sur lesquelles sont préparés les médicaments ;
2° Mode d'administration des médicaments ;
3° Effets généraux des médicaments ;
4° Mode d'action des médicaments.

— 1° Le premier de ces chapitres constitue une incursion dans le domaine de la Pharmacie ; mais les développements qu'il comporte sont limités aux exigences rigoureuses de la pratique médicale. Ils ont surtout pour objet la connaissance des conditions relatives à la bonne qualité des médicaments, la récolte, l'élection, la préparation des végétaux ; puis les notions nécessaires à l'art de formuler.

— 2° Le mode d'administration des médicaments comporte des détails d'une haute importance pour la pratique. Il s'agit de l'étude des voies diverses par lesquelles les médicaments peuvent pénétrer dans l'organisme, et de l'opportunité du choix de l'une ou de l'autre, selon l'exigence des indications à satisfaire.

— 3° L'étude des effets généraux des médicaments implique l'examen des effets physiologiques et des effets thérapeutiques. Elle réclame toute notre attention par rapport aux conditions individuelles physiologiques, pathologiques et thérapeutiques qui font varier ces effets dans une mesure des plus étendues : conditions d'opportunité, de tolérance, d'assuétude.

— 4° Le mode d'action des médicaments nous conduit à envisager, sous un autre point de vue que dans le précédent chapitre, l'effet de l'emploi des agents thérapeutiques. C'est en quelque sorte l'action intime des remèdes que nous voulons considérer ; c'est le mécanisme de leur action, le *modus operandi*.

Nous l'étudions, ce mécanisme, sous deux aspects

1° L'action sensible ou phénoménale du remède ; ce que les homœopathes appellent les symptômes du médicament.

2° L'action intime.

Ce dernier aspect nous impose aujourd'hui une investigation attentive.

Les tendances scientifiques de notre époque élèvent la prétention d'expliquer, d'une façon rigoureuse et précise, le mécanisme des effets médicamenteux sur l'organisme. On prétend suivre à travers le labyrinthe des appareils fonctionnels la trace des agents thérapeutiques, les transformations qu'ils subissent dans leurs parcours ; fixer le moment précis de leur action, les modifications qu'en éprouvent nos tissus et, pour ceux-ci, l'espèce d'éléments organiques, cellules élémentaires, ou cellules spéciales, sur lesquelles se porte et se fixe leur action.

Telles sont les visées de la science moderne ; sans doute on ne parvient pas à appuyer ces déductions théoriques de démonstrations expérimentales ; mais on n'en soutient pas moins la thèse avec ténacité, on les donne comme le dernier mot actuel de la science, sans songer que *demain* d'autres théories, d'autres interprétations des faits viendront les renverser et prendre le premier rang à leur tour.

Mais ces théories plus ou moins vagues, plus ou moins rationnelles, nous devons les connaître ; quelque courte que soit la durée de leur vogue dans la science, elles y laisseront leurs traces ; et pour peu qu'elles valent, elles auront leur place, si mince qu'elle soit, dans l'histoire.

Pour nous, elles demeureront à l'état de théories jusqu'à ce qu'elles soient étayées de démonstrations qui leur donnent la stabilité de faits acquis.

II

LA MALADIE.

Après l'étude du médicament vient celle de la maladie ; deuxième sujet d'étude générale pour le thérapeutiste.

Cette étude nous importe surtout au point de vue de l'influence des théories régnantes sur le traitement des maladies.

D'où la nécessité de l'indication des doctrines diverses qui ont prédominé dans la science et qui formaient la base des définitions de la maladie : solidisme, humorisme, vitalisme.

La thérapeutique à toute époque a été solidaire de la prédominance de l'un ou l'autre système.

III

ÉTUDE GÉNÉRALE DE LA THÉRAPEUTIQUE.

Du Traitement des maladies.

— Nous considérons ce qu'il faut entendre par traitement ou guérison des maladies :

Quelle est la durée des maladies ?

Y a-t-il des maladies d'une durée fatale ?

— Je combats comme éminemment funeste cette opinion par rapport à certaines affections que les tendances modernes inclinent à considérer comme inévitablement durables.

Comment se terminent les maladies ?

Exposition de la doctrine des crises.

Etude des crises spontanées et des crises provoquées ou thérapeutiques.

Comment s'opère la guérison des maladies ?

— J'aborde ce sujet par la citation d'une belle page de

Chomel, dans laquelle il affirme l'existence dans l'homme d'une force ou puissance appelée par Hippocrate *nature* et qui préside à tous les actes de la vie.

Foussagrives fait remarquer que cette cause n'est pas distincte de celle de la vie qui crée l'organisme et qui est tout à la fois force créatrice, force conservatrice et force médicatrice.

L'admission de ce triple pouvoir dans l'homme n'est pas le résultat d'une théorie ; c'est un fait qui domine la Pathologie tout entière.

La guérison ou le passage de la maladie à la santé, résultat de modifications opérées dans l'organisme ou dans ses fonctions, est subordonnée à la puissance qui préside à tous les phénomènes de la vie, c'est donc d'elle que la guérison dépend.

Mais comme l'action de cette cause peut être favorisée ou entravée, l'art concourt à la guérison en donnant aux efforts de la nature une direction convenable.

Les agents médicamenteux les plus héroïques seraient sans effet si la *nature* ne secondait leur action.

« La thérapeutique n'est donc, à proprement parler, que « l'art de modifier l'action des organes, pour aider à la gué- « rison ou au soulagement des maladies. » (Chomel.)

Moyens d'appréciation du rôle respectif des agents thérapeutiques.

Ces moyens sont de deux ordres : l'observation, l'expérimentation.

1° Conditions d'une bonne observation ;

2° Conditions d'une saine et judicieuse expérimentation.

Appréciation des résultats de l'expérimentation et de l'observation.

— Ici se rattache l'étude de la méthode numérique appliquée à la médecine ou statistique médicale, sujet de la plus haute importance au point de vue de la thérapeutique générale. —

IV.

Après l'examen des bases sur lesquelles repose la science thérapeutique, je considère celle-ci dans ses applications.

La thérapeutique se divise en deux branches :

1° L'une comprend les *Indications ;*

2° L'autre, les moyens de les remplir.

Je définis l'*Indication* et considère les sources d'où elle procède :

1° De la maladie ;

2° Du malade ;

3° Des conditions qui entourent le malade.

— Je n'indique pas ici les détails de ce sujet ; je me contente de faire remarquer :

1° Qu'à l'étude de la maladie, au point de vue de l'indication, se rattache celle des causes dont l'importance n'a pas besoin d'être démontrée ;

2° Qu'à l'étude du malade se rencontre un chapitre d'une immense valeur, celui des antécédents morbides auxquels se relie inévitablement la vaste question des *Diathèses.*

Le thérapeutiste ne peut laisser passer de tels sujets sans faire ressortir les enseignements de pathologie générale qu'ils comportent.

3° Enfin, au sujet des conditions qui entourent le malade appartient l'étude de toutes les causes déterminantes des maladies : causes infectieuses et contagieuses, etc., etc.

A propos de l'influence des localités vient la question des *constitutions médicales.*

Après l'étude générale des indications, il a fallu distinguer celles des maladies aiguës et des maladies chroniques. Puis considérer les indications multiples ; celles-ci peuvent être harmoniques ou contradictoires ; de là l'étude des *contre-indications.*

V.

DES MOYENS THÉRAPEUTIQUES.

Partagés en deux classes :

1º Moyens généraux ou hygiéniques ;

2º Moyens thérapeutiques proprement dits.

— L'étude de l'hygiène est dévolue à une chaire particulière. Mais il y a à cet égard une investigation spéciale à l'usage du thérapeutiste.

S'il y a une hygiène des gens en santé, il y aussi une hygiène des malades, ou, si on veut, une *Hygiène Thérapeutique.*

Il y a donc lieu de passer en revue toutes les parties de l'hygiène pour signaler les nombreuses applications qu'elles présentent à la thérapeutique.

— Je me contente de faire ressortir ici :

A propos des *ingesta*, l'étude de la *diététique* comportant celle de l'abstinence et de l'alimentation :

1º Dans les maladies aiguës ;

2º Dans les maladies chroniques ;

3º Dans la convalescence...

— Au parcours des différents sujets d'étude de l'hygiène, nous rencontrons celui des *percepta*, auquel se rattache tout ce qui concerne les sensations, l'exercice des fonctions intellectuelles, les dispositions morales.

La direction des affections morales des malades réclame de la part du praticien une attention spéciale.

L'art de soutenir le moral des malades constitue un des points les plus difficiles et les plus importants de la pratique médicale. Le rôle du médecin doit varier alors selon les circonstances, la forme et la durée des maladies.

Des développements d'une haute importance trouvent ici

leur place et concernent les devoirs soit en face du malade, soit devant la famille par rapport à l'avertissement de l'heure fatale pour l'accomplissement des derniers devoirs et l'expression des dernières volontés.

— Il importe, en outre, de faire ressortir ici l'influence des facultés intellectuelles et morales sur le développement, la marche et la terminaison des maladies, d'une part ; sur les effets des agents thérapeutiques modifiés par cette cause, d'une autre part.

On ne tient pas, en général, un compte suffisant de l'élément moral et intellectuel au point de vue de l'influence des agents thérapeutiques.

Il importe cependant de considérer l'ascendant moral qu'exerce le médecin sur le malade, ascendant qui domine bien souvent la thérapeutique. Comment expliquer, sans tenir compte de cette influence, les effets de certains médicaments d'une activité thérapeutique généralement faible et qui ne guérissent ou ne soulagent que grâce au prestige de confiance et d'assurance sous lequel ils sont prescrits ? Et, en dehors de toute intervention d'agents thérapeutiques, ne voiton pas souvent des modifications favorables dans l'état morbide se manifester sous l'empire des assurances de guérison prochaine affirmées avec conviction par un médecin aimé ? Enfin, dans le cours de maladies fatalement mortelles, ne voyons-nous pas tous les jours un apaisement de douleurs, un bien-être momentané se révéler sous le regard bienveillant et sous le prestige de paroles sympathiques, consolantes d'un médecin éclairé ?

Tandis qu'un état contraire, le découragement, le désespoir, l'affaissement moral peuvent advenir comme conséquence de l'indifférence, de la froideur et de l'insensibilité du tact médical.

C'est surtout durant le cours des épidémies que l'ascendant moral exercé par le médecin possède tout son prestige ;

des faits trop nombreux ont été relatés pour pouvoir révoquer en doute cette influence.

Il ressort de là que ce n'est pas seulement par le côté organique que le malade doit être envisagé par le médecin ; le côté intellectuel et moral mérite aussi quelques égards ; et le vrai praticien qui comprend bien son rôle social, qui ne voit pas seulement dans l'homme un organisme lésé, mais y voit en même temps une âme souffrante, obtient des résultats médicaux bien plus efficaces et parfois des succès inespérés.

TITRE IIᵉ.

DES MOYENS THÉRAPEUTIQUES PROPREMENT DITS.

Divisés en moyens chirurgicaux et médicaux.

Considérations sur la classification des médicaments.

Que faut-il entendre par le terme de médication ?

— Eu égard aux difficultés de suivre les classifications modernes basées sur des systèmes d'appréciation des effets médicamenteux, nous croyons devoir nous rattacher encore aux divisions anciennes en leur faisant subir seulement quelques modifications.

Nous rangeons les médications diverses sous les cinq chefs suivants :

    I. Médication tonique.

    II.   Id.   atonique.

    III.   Id.   calmante.

    IV.   Id.   évacuante.

    V.   Id.   spécifique.

SUBDIVISIONS :

I. MÉDICATION TONIQUE
{
1. Tonique pure, corroborante.
2.   Id.   astringente.
3.   Id.   stimulante.

M DICATION ATONIQUE
1. Emolliente.
2. Antiphlogistique.
3. Contre-stimulante.

III. MÉDICATION CALMANTE
1. Narcotique ou stupéfiante.
2. Anesthésique.
3. Antispasmodique.

IV. MÉDICATION ÉVACUANTE
1. Emétique.
2. Purgative.
3. Sudorifique.
4. Diurétique.

V. MÉDICATION SPÉCIFIQUE
1. Neutralisante.
2. Antipériodique.
3. Vermifuge.
4. Antisyphilitique.

I

Médication tonique.

1. MÉDICATION TONIQUE PURE.

A. Agents hygiéniques.
B. Toniques corroborants.
C. Id. amers.

A.) *Agents hygiéniques.*

Protéine.
Albumine.
Fibrine.
Caséine.
Gluten.
Gélatine animale.
Gelées animales.

Bouillons.
Osmazôme.
Sang.
Limaçons.
Ferments digestifs : Pepsine.
Huile de foie de morue.

B.) *Toniques corroborants.*

Fer :

Fer réduit.
Oxydes de fer.
Carbonates.
Sulfates.
Tartrates
Iodures.
Chlorures.
Citrates.
Lactate.
Tannate.
Pyrophosphate.
Eaux minérales ferrugineuses.

Manganèse :

Oxydes.
Lactates.
Carbonates.
Permanganate de potasse.

C.) *Toniques amers.*

Quinquinas.
Saule. — Salicine.
Colombo.
Quassia amara.
   — Simarouba.
Angusture.
Maronnier d'Inde.
Alkekenge.
Fumeterre.
Trèfle d'eau.
Houblon.
Gentiane.
Petite centaurée.

Chardon bénit. — Cnisin.
Chausse-trappe.
Bluet.
Chicorée sauvage.
Houx.
Artichaut.
Benoite.
Persil. — Apiol.
Eucalyptus globulus.
Huile de cajeput.
Caïl, cédra, baobab, cédron.
Lichen d'Islande.
Fiel de bœuf.

2. Médication tonique astringente.

Tannin.
Noix de Galle.
Ecorce de chêne. — Tan.
Bistorte.
Noyer. — Brou de noix.
Busserole.
Consoude.
Airelle myrtille.

Rosacées astringentes.
Tormentille.
Cachou.
Gomme Kino, Sangdragon.
Ratanhia.
Monésia.
Ortie brûlante.
Ecorce d'Inga.

Paullinia. — Guarana.
Creosote.
Acide picrique.
Acide phénique.
Acide salycilique.
Salycilate de soude.
Suie.

Plomb.
Alun.
Cadmium.
Bismuth.
Borax.
Acides.

3. MÉDICATION TONIQUE STIMULANTE.

A. MÉDICATION STIMULANTE. { Générale.
{ Locale.

B. MÉDICATION ALTÉRANTE.

C. MÉDICATION IRRITANTE. { 1. Rubéfiante.
{ 2. Caustique.

A.) *Médication stimulante.*

1. TONIQUES EXCITANTS GÉNÉRAUX.

Anis.
Angélique.
Thym.
Mélisse.
Menthe.
Hysoppe.
Germandrée.
Marrube.
Lierre terrestre.
Sauge.
Camomille.
Absinthe. — Armoise.
Guaco. — Enpatoire.
Vanille.
Gingembre.
Canelle.
Cascarille.
Ecorce de Winter.
Muscade.
Girofle.
Serpentaire de Virginie.
Ecorces d'oranges.

Poivre.
Kava kava.
Alisma Pantago.
Piment.
Matico.
Cubèbe.
Raifort sauvage.
Cochléaria.
Cresson de fontaine.
Café.
Thé.
Coca.
Sylphium.
Boldo.
Arum tryphyllum.
Arnica.
Guano.
Alcool, vins.
Phosphore.
Oxygène.
Calorique.

2. Excitants balsamiques.

Térébenthine.
Goudron.
Coaltar.
Bourgeons de sapin.
Genièvre.
Poix de Bourgogne.
Baume de Tolu.
Id. du Pérou.
Id. de la Mecque.
Benjoin.

Styrax.
Myrrhe.
Mastic.
Bdellium.
Oliban.
Copahu.
Buchu.
Soufre et composés.
Eaux minérales sulfureuses.

Excitants locaux.

1. *Excitants spéciaux du système musculaire.*

Noix vomique.
Strychnine.
Brucine.
Fève Saint-Ignace.
Rhus toxicodendron.
Id. radicans.
Ergot de seigle.

Ergot de blé.
Magnétisme.
Electricité.
Acupuncture.
Massage.
Gymnastique.
Flagellation.

2. *Excitants spéciaux de l'exhalation cutanée.*

Calorique.
Bains de vapeur.
Exercices musculaires.
Gayac.
Salsepareille.
Squine.
Sassafras.
Jaborandi.
Lobelia inflata.
Bourrache.
Buis.

Sureau.
Fumeterre.
Saponaire. — Saponine.
Doucé-amère.
Arundo donax.
Pensée sauvage
Scabieuse.
Ribes nigra.
Genista scoparina.
Ulmus campestris.
Coca (feuilles de).

3. *Excitants spéciaux de la sécrétion urinaire.*

Urée et composés.
Azotate de potasse.
de soude.

Chlorate de potasse.
Id. de soude.
Acétate de potasse.

Acétate de soude.

Diurétiques alcalins.

Digitale.

Colchique.

Scille.

Asperges.

Pariétaire.

Cainça.

Ulmaire.

Alkékenge. [1]

Petit houx.

Parcira brava.

Busserole.

Genêt.

4. *Excitants spéciaux de l'évacuation menstruelle.*

Rue odorante.

Sabine.

Safran.

Absinthe.

Armoise.

Marrube blanc.

Assa fœtida.

Gommes résines.

Myrrhe.

Musc.

Castoreum.

Apiol.

Aloès.

Purgatifs drastiques.

Ergot de seigle.

Sulfure de carbone.

B.) *Médication altérante.*

Mercure et composés.

Iode et composés.

Iodoforme.

Eponges.

Fucus vesiculosus.

Huile de foie de morue.

Arsenic et composés.

Or et composés.

Platine et composés.

Alcalins.

Eaux minérales alcalines.

C.) *Médication irritante.*

1. Médication substitutive.

2. Id. transpositive.

3. Id. spoliative.

4. Id. excitatrice.

(1) On remarquera que plusieurs médicaments, eu égard à leurs propriétés multiples, ont une place dans plusieurs tableaux. L'étude de ces agents est faite à propos de la première citation ; toutes les fois qu'ils devront figurer plusieurs fois, on les trouvera inscrits en caractères italiques et suivis d'un renvoi indicateur de la page où leur étude complète aura été faite

AGENTS DE LA MÉDICATION IRRITANTE.

Potasse.	Piqures d'abeilles.
Soude.	Moutarde.
Salycilate de soude.	Garou.
Chaux.	Ortie.
Baryte.	Renonculacées.
Lithine.	Euphorbiacées.
Ammoniaque.	Poix.
Chlore.	*Térébenthine.*
Acide sulfurique.	Résine de Thapsia.
Id. azotique.	Extrait de piment.
Azotate acide de mercure.	Argent.
Acide sulfurique.	Zinc.
Id. chromique.	Cuivre.
Id. acétique.	*Arsenic.*
Id. lactique.	*Antimoine.*
Id. phénique.	Calorique.
Cantharides.	

II

Médication atonique.

A. Médication émolliente.

B.　　Id.　　antiphlogistique.

C.　　Id.　　contre-stimulante.

A.) AGENTS DE LA MÉDICATION ÉMOLLIENTE.

PRINCIPES MUCILAGINEUX SÉPARÉS OU COMBINÉS AVEC D'AUTRES SUBSTANCES

{
Gomme arabique.
Id. adragante.
Guimauve.
Mauve.
Cynoglosse.
Bourrache.
Consoude.
Violette.
Tussilage.
}

ÉMOLLIENTS HUILEUX
- Lin.
- Amandier.
- Olivier.
- Cacaoier.
- Potiron.
- Concombre.
- Melon.

PRODUITS DES HUILES
- Glycérine.

MUCILAGE ET FÉCULE
- Chiendent.
- Orge.
- Avoine.
- Riz.
- Froment.

MUCILAGE ET SUCRE
- Canne à sucre.
- Réglisse.
- Jujube.
- Datte.
- Figue.

PRODUITS ANIMAUX

INSECTES
- Miel.
- Cire.

MAMMIFÈRES
(lait)
- Vache.
- Brebis.
- Anesse.

CHAIR DES ANIMAUX
(Bouillons)
- Veau.
- Poulet.
- Tortue.
- Grenouille.
- Escargot.

B.) AGENTS DE LA MÉDICATION ANTIPHLOGISTIQUE.

ÉMISSIONS SANGUINES.
- Saignée générale
  - artérielle,
  - veineuse.
- Saignée capillaire
  - sangsues,
  - ventouses.

Diète, bains, boissons acidulées, antimoniaux. — Mercuriaux (contre-stimulants). Les alcalins. — Les purgatifs.

C.) Agents dé la médication contre-stimulante.

roid.   Colchique.
Antimoniaux.   Hermodacte.
Mercure et composés.   Cevadille.
Brôme.   Veratrine.
Bromure de potassium.   Veratrum viride.
    Id.   d'ammonium.   Charbon de bois.
itrate de potasse.   Collodion.
igitale.

III

Médication calmante.

A. Médication narcotique ou stupéfiante.
B.   Id.   anesthésique.
C.   Id.   antispasmodique.

A.) Agents de la médication narcotique.

Opium et ses produits.   Rhododendron chrysanthum.
Belladone. — Atropine   Hydrocotyle asiatica.
Mandragore.   Cyanogène.
Datura.   Acide cyanhydrique.
Tabac.   Cyanure double de fer hydraté.
Jusquiame.   Id.   de potassium.
Douce-amère.   Id.   de mercure.
Morelle.   Id.   de zinc.
Haschisch.   Amandes amères.
Lobélia inflata.   Laurier cerise.
Laitue.   Curare.
Aconit.   Fève du Calabar.
Ciguë.

B.) Agents anesthésiques.

Protoxyde d'azote.   Ether iodhydrique.
Ether sulfurique.   Id. bromhydrique.

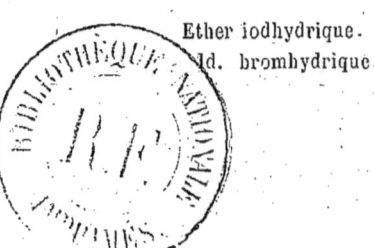

Ether chlorhydrique.
  Id.   id.   chloré.
  Id. nitrique.
  Id. acétique.
Chloroforme.
Bichlorure de méthylène.
Aldehyde.
Amylène.
Hydrure d'amyle.
Liqueur des Hollandais.
Proto-chlorure de carbone.
Sesqui-chlorure de carbone.

Bisulfure de carbone.
Oxyde de carbone.
Acide carbonique.
Benzine.
Kérosolène.
Rhigolène.
Mélanges réfrigérants.
Hypnotisme.
Bromure de potassium.
Iodoforme.
Hydrate de chloral.
Méta-chloral.

C.) Agents antispasmodiques.

Les Ethers.
Camphre.
Musc.
Castoreum.
Ambre gris.
Succin.
Huile volatile de corne de cer.
  Id. animale de Dippel.
Valériane.
Valérianate de zinc.
Assa fœtida.
Gomme ammoniaque.
Opopanax.
Galbanum.
Sagapenum.

Oranger.
Tilleul.
Cotyledon umbilicus.
Narcisse des Prés.
Sumbul.
Oxyde de zinc.
Valérianate de bismuth.
S. Carbonate de bismuth.
Cerium.

Ombellifères aromatiques :
  Anis.
  Angélique.
  Ache.
  Coriandre.
  Aneth.
  Carvi.

IV

Médication évacuante.

A.) Médication vomitive.

Ipécacuanha.
Polygala.
Violette.
Asarum.
Euphorbe.
Veratrum album.

Tartre stibié.
Kermès minéral.
Sulfate de zinc.
  Id. de cuivre.
Apomorphine.

B.) MÉDICATION PURGATIVE.

1.) *Laxatifs.*

Casse.

Tamarin.

Moutarde blanche.

Rosés pâles.

Fleurs de pêcher.

Manne.

Miel.

Mélasse.

Huiles { d'olives.
de noix.
d'amandes douces.

Ricins.

Mercuriale.

2.) *Cathartiques.*

Rhubarbe.

Rhapontie.

Sureau-Hièble.

Nerprum.

Séné.

Podophyllin.

Tartrates.

Crème de tartre.

Magnésie.

Sulfate de magnésie.

Id. de potasse.

Id. de soude.

Phosphate de soude.

Eaux minérales salines.

Protochlorure de mercure.

3.) *Drastiques.*

Méchoacan.

Soldanelle.

Turbith.

Jalap.

Scammonée.

Aloès.

Cainça.

Gratiole.

Agaric blanc.

Gomme gutte.

Coloquinte.

Elathérium.

Bryone.

Ellebore noir.

Croton tiglium.

Epurge.

Jatrapa curcas.

V

Médication spécifique.

A.) MÉDICATION NEUTRALISANTE.

Les Antidotes.

B.) MÉDICATION ANTIPÉRIODIQUE.

Quinquina et ses produits.   Arsenic et composés.
Digitale.   Fer.
Encalyptus globulus.   Carboazotate d'ammoniaque.
Laurus nobilis.   Bromure de potassium.

C). MÉDICATION ANTHELMINTHIQUE.

Mercure.		Cousso.		Aloès.
Arsenic.		Grenadier.		Absinthe.
Antimoine.	Trenifuges	Fougère mâle.	Vermifuges	Semen-contra.
Etain.		Semences de citrouille.		Santonine.
Térébenthine.		Saoria.		Mousse de Corse.
Suie.		Tatzé.		Spigelia.
				Parasiticides.

D.) MÉDICATION ANTISYPHILITIQUE.

Mercure et ses composés.   Arsenic et ses composés.
Iode   Id.   Sudorifiques et dépuratifs.
Iodure de potassium.

Considérations générales sur l'art de formuler.

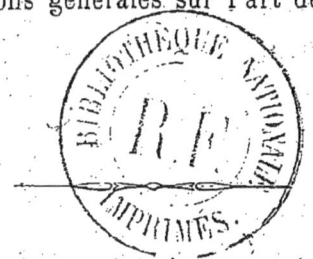